KB209337

별이와
북극여우

별이와
북극여우

1판 1쇄 2025년 1월 1일

시 박미라 그림 보단

펴낸이 모계영 **펴낸곳** 가치창조 **출판등록** 제406-2012-000041호
주소 경기도 고양시 일산동구 중앙로1347, 228호(장항동, 쌍용플래티넘)
전화 070-7733-3227 **팩스** 031-916-2375 **이메일** shwimbook@hanmail.net

ISBN 978-89-6301-403-6 73810
ⓒ 박미라, 보단 2025

부산문화재단
BUSAN CULTURAL FOUNDATION
본 도서는 2024년도 〈부산문화예술지원사업 우수예술지원〉 선정작입니다.

※ 이 책의 내용과 그림은 무단 복제하여 사용할 수 없습니다.
※ 잘못된 책은 구입하신 서점에서 바꿔 드립니다.

단비어린이는 가치창조 출판그룹의 어린이책 전문 브랜드입니다.

KC	**제조자명** 가치창조 | **제조국명** 대한민국 | **사용연령** 8세 이상
	KC마크는 이 제품이 공통안전기준에 적합하였음을 의미합니다.

별이와 북극여우

박미라 시 보단 그림

단비어린이

차례

2장

귤의 자존심

3장

하트 제조기

4장

내일 또 내일도

1장

별이와
북극여우

별이와 북극여우

우리 집 고양이 별이는
소파에서 방석이 되고
식탁에서 식빵이 된다

북극여우는
여름에 갈색이 되고
겨울에 흰색이 된다

북극여우는
들키지 않으려고
색깔을 바꾸는데

별이는
나를 웃게 하려고
모양을 바꾼다

한낮의 콘서트

박수로 맞아 주세요!
별이 작사 작곡
별이가 부릅니다.
'갸르릉 고로롱 골골골'

별이가 두 눈 지그시 감고
노래를 시작한다

집사 품에 안겨~
쓰다듬는 손길 느끼며~
갸르릉 고로롱 골골골~

비릿한 츄르 향기~
콤콤한 트릿 향기 맡으며~
갸르릉 고로롱 골골골~

넓은 창문으로~
따듯한 햇살 받으며~
갸르릉 고로롱 골골골~

집사와 함께 영원히~
갸르릉 고로롱 골골골~

발사탕

세상 제일 맛있다는 표정으로
발바닥을 핥고 또 핥는다

별이의 발사탕은
먹어도 먹어도 줄지 않는다

"만날 만날 먹어도
물리지 않니?"

별이는
냐옹 하고
발사탕을 핥고 또 핥는다

할머니 새 집

현관에 들어서면
자동으로 문이 열리고

음식물 쓰레기는
저절로 가루가 되고

발걸음 따라
따라라 불이 켜지고

난방도 냉방도
알아서 해 주는

할머니 새 집

할머니 힘들까 봐
모두가 도와준다

코골이 아빠

아빠는
밤마다
자동차
시동을 건다

드르르륵~ 득드르르~
드르르륵~ 푸쉬이~

40년 된 낡은 자동차는
시동이 잘 안 걸린다

드르르륵~ 득드르르~
드르르륵~ 푸쉬이~

시동이 걸리려는 순간
다시 힘이 빠진다

하루 종일 달려서
많이 힘들 텐데……

밤에도 쉴 새 없이
시동을 건다

얼굴 쌓기

우리 가족 얼굴 새긴
머그컵

아빠 엄마는 아래에
나는 그 위에

어머, 어쩌나?
아빠 엄마 얼굴 위로 올라선
내 얼굴

미, 미안해요
말하려는데
먼저 활짝 웃고 있는
아빠와 엄마

어디야?

수업 마치고
학원 가는 길
엄마한테 걸려 온 전화
"어디야?"

학원 마치고
집으로 가는 길
엄마한테 또 걸려 온 전화
"어디야?"

어디서 뭐하는지
뻔히 알면서 묻는 말
"어디야?"

마트 간 엄마가 오지 않아
전화를 걸었어
내 입에서 나온 말
"어디야?"

"어디야?"로 확인하는
서로의 마음

소꿉놀이

비누 받침대 접시에
말캉 파란 푸딩을 짜고
거품 생크림 얹어
칫솔 포크와 함께
엄마에게 내밀며
"맛있게 드세요" 했더니

등짝에
불이
짝-

"가스나*야,
아까운 비누 치약 어쩔 거야?"

★가스나: '계집아이'를 뜻하는 경상도 사투리

청개구리의 변명

억울해!
나 그렇게 나쁜 아이 아니야.

공부하라면 놀러 가고
조용하라면 떠든 건 맞지만
매번 반대로 한 건 아니야.

생각해 봐!
우리 엄마가 바보도 아닌데,
유언을 반대로 썼겠니?

비 오는 날
내가 우는 건
엄마가 보고 싶어서야.

너희도 그렇지 않니?
비 오는 날
혼자 있으면 엄마 생각이 더 나잖아.

예쁘다 참 예쁘다

파릇파릇한 상추가
베란다 화분에 소복이 피었다
할머니가 말했다
예쁘다 참 예쁘다

게으름뱅이 내 동생이
숙제하느라 끙끙거린다
할머니가 말했다
예쁘다 참 예쁘다

밥 먹고 난 그릇을
설거지통에 담았다
할머니가 말했다
예쁘다 참 예쁘다

예쁘다 참 예쁘다

우리 할머니
최고의 칭찬이다

세상의 여러 시계

하루를 알려 주는
해시계

계절을 알려 주는
바람시계

밥때를 알려 주는
배꼽시계

날씨를 알려 주는
할머니 무릎시계

잘 산다

서울 사는 큰아버지
캐나다 사는 작은아버지
부산 사는 우리 아빠

가족은 모여야 잘 산다는
할머니 말씀

편의점 라면 1개
1200원

5개 한 묶음
4500원

모여야 싸다
뭉쳐야 잘 산다

80살 차이

할머니는 87살
동생은 7살
닮은 점이 많아

아침마다 셔틀버스를 타지
할머니는 복지관에
동생은 유치원에

분홍색을 좋아하고
검정색을 싫어해

밥 먹을 때는 자꾸 흘리고
밥 먹고 나면 자주 졸고

다른 점은 한 가지
할머니는 점점 작아지고
동생은 점점 커지고

한 입만

라면 한 젓가락
입으로 몰아넣을 때
동생이 하는 말
'한 입만'

두 번 세 번 물어도
안 먹는다 해 놓고
다 끓여 놓으면
'한 입만'

마지못해 젓가락 건네면
입을 쩍 벌리고
후루룩 쩝쩝

한 입만 해 놓고
바닥 보일 때까지
다 먹어 버리는

동생의 한 입은
악어의 한 입

2장

귤의
자존심

귤의 자존심 1

레드향
천혜향
황금향
한라봉

맛 좋다고
향 좋다고
서로
잘난 척하지만

까불지 마!

내가 없었으면
너희들이 세상 구경이나
할 수 있었겠니?

귤의 자존심 2

배꼽밖에 없다고
놀리지 마!

요 배꼽으로
엄마 양분
쭉쭉 빨아 먹고
알알이 영글어서

훈이네 삼 형제
대학 가고
장가 갔다

귤의 자존심 3

모공 넓은 피부
나와 비교하지 마!

알고 보면
내 살결이
얼마나 탱글탱글한데

알고 보면
내 속살이
얼마나 촉촉한데

비빔밥 올림픽 개막식 중계

분홍 모자 쓴
시금치 선수단이
경기장으로 들어옵니다

고사리손 맞잡은
고사리 선수단이
입장합니다

노란 머리 꼿꼿이 든
콩나물 선수단이
늠름합니다

아! 고추장 성화가
타오르고 있군요

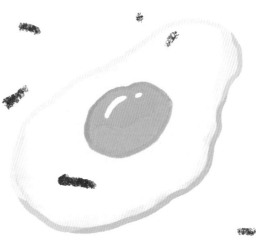

뺌빠라 뺌-
하늘에서 김 가루가
휘날리고 있습니다
인류의 축제를 축하합니다

개막식 하이라이트!
달걀프라이 천막이
하늘을 뒤덮기 시작했습니다.

인류의 화합을 포근히 감싸 줍니다
밥알들의 온기로 따듯합니다

와아-

휘익-

짝짝짝짝짝-

앞으로 펼쳐질 식사 시간

선수단들은

올림픽 정신을 계승하여

맛있게 어울리는 실력을 발휘할 것입니다

이상 비빔밥 올림픽 개막식 중계를 마치겠습니다

땅콩이 전하는 안부 인사

호두, 아몬드와 모여 다닌다고
오래 못 본 내 친구들
강낭콩, 완두콩, 병아리콩아!

너희는 어떻게 지내고 있니?

쌀과 함께 다닌다는 얘기는 들었어

잡곡밥 되어
아이들 건강을 지켜 준다니 멋있구나!

나는 맥주 안주 되어
어른들과 만나고 있어

나도 반찬 되어
아이들과 만나고 싶다

붕어빵 봉투 안에서는

"쉿!"
"조심해!"
"나가면 먹힌다!"

팥붕 슈붕 피붕*이
속닥거리다
조용해졌다

모두들
속내를 숨긴 채
숨죽이고 있다

★ **팥붕, 슈붕, 피붕**: 팥붕어빵, 슈크림붕어빵, 피자붕어빵의 줄임말

풍선껌

쫙쫙
씹어서

후
불면

빵·빵
해지다

뻥
터진다

아, 입 아파!

입이 고생하는
변신 장난감

딸기맛 비빔면

새콤 달콤
딸기

매콤 달콤
비빔면

둘이 서로 얼싸안고
입속에서 춤춘다

새콤 달콤
매콤 달콤
새콤 매콤
달콤 콤콤

콤콤콤 춤춘다
젓가락도 춤춘다

곰탕집에서

할아버지는
도가니탕

할머니는
곰탕

아빠는
설렁탕

엄마는
갈비탕

다
똑같은 맛인데

다
다르게 주문한다

다
같이 먹으니

다
맛있다

3장

하트 제조기

얼음물 컵

한여름
감옥에 갇힌 물방울들이
단체로
벽을 뚫고 탈출한다

방울방울
손을 잡고

주룩주룩
땀을 흘리며

제발
우리를 가두지 말라고

아무리 가두어도
기어이 벗어난다고

물방울들은
안간힘을 다해
벽을 뚫고 나온다

가습기

물 마시고
안개 뿜어내는

신통방통
마법을 부린다

방도 촉촉
코와 입도 촉촉

올 겨울
감기 없이 넘어갔다

하트 제조기

유아차 덮개를 여는 순간
내 눈에 하트가 뿅뿅!

새까맣고 동그란 눈
조그만 손발
말랑한 몸

차마 만지지 못하고
눈에서 하트만 뿅뿅뿅!

만지고 싶은
아기는
하트 제조기

드론쇼

검은 도화지 위에
형광색 물감 방울들이
모였다가 펼쳐졌다가

달이 되고
청룡이 되었다

달은 좀 찌그러졌고
수염은 좀 삐뚤어졌다

좀 실수해도
봐준다

누구나
실수는 하니까

헌옷 우체통

시골 할머니에게 보내는 편지를
우체통에 넣듯

아끼던 원피스를
헌옷 수거함에 넣었다

집배원 아저씨가
편지를 전달하듯

수거원 아저씨가
꼭 필요한 사람에게 잘 전달했으면……

속상한 놀이터

황사와 미세먼지가
놀러 와

그만 오래도
자꾸 놀러 와

놀고 싶은 마음
이해하지만

너희들 때문에
아이들이 못 놀아!

실눈 온눈

동백
목련
산수유는
눈이 있어요

나비
개구리
청설모도
눈이 있어요

납작하게 실눈을 뜨고
강물이 녹는지
살랑바람이 부는지
살펴보지요

커다랗게 온눈을 뜨면
꽃이 펴요
봄이 왔어요

수선화

암탉처럼
알을 품어
아기를 낳는다

아기는
병아리처럼
노오랗게
뽕뽕거린다

봄이면
뿡뿡거리는 아기들이
천지 사방에 퍼진다

가을 들판

허수아비 선생님이
말씀하신다

"참새들아
제발 쫌!

조용히 해라
까불지 마라
손대지 마라"

아무리
타이르고
겁을 줘도

재잘 재잘
짹짹 짹짹
콕콕 콕콕

별똥별

별이 똥 누는 동안
소원을 빌어야 해!

앗,
또 놓쳤다

빨라도 너무 빨라!

별아!
똥 좀 천천히
누면 안 되겠니?

개구리 래퍼들

한여름 밤
개구리 래퍼들이
힙합 파티를 연다

울음주머니
빵빵하게 부풀리고
소리 지른다
- 아 유 레디?

개개개개 개굴개굴
개개개개 개굴소굴

황소개구리가 사는 굴은
개굴이냐 소굴이냐

개개개개 개구락지
개구락지는 개구진 개구리
개구지지 재미지지
개굴개굴 굴개굴개

상괭이*한테서 온 문자

내가 웃는 걸로 보이니?

눈물은 안 보이지?

그물 때문에
숨 쉬기조차 힘든데

너희 마음 편하자고
웃는다고 그러지

정말 너무해!

★상괭이: 바다에 사는 돌고래과 동물로 멸종 위기종. 웃는 표정을 짓고 있어 '웃는 고래'
라는 별명을 갖고 있는데, 사람들이 바다에 버린 그물로 인해 고통받고 있습니다.

독도로 간 집쥐

집쥐가 떼로
바다를 건넜다

200km 떨어진 독도에
기어코 도착했다

집쥐 대장이 소리쳤다
이제부터 여기서 살자!

독도는
우리 땅이니까
우리 집이니까

★독도에 집쥐가 기승을 부린다는 뉴스를 보고 썼습니다.

지구의 날

저녁 8시부터 10분 동안
지구를 생각하며
불을 끈다

나도 끄고
은서도 끄고
동욱이도 끄고

오늘이 깜깜할수록
내일은 밝게 빛난다

★매년 4월 22일은 지구의 날입니다. 지구가 잠시 쉴 수 있도록 우리나라를 비롯해 세계
여러 나라에서 불끄기 캠페인을 펼치고 있습니다.

바람

바라면 바랄수록
멀어지는
바람

치킨 바람
소풍 바람
동생 바람

바라고 또 바라면
언젠가 불 거야
나의 바람이

4장

내일 또 내일도

내일 또 내일도

헤어질 때
은서가 건넨 말

내일 또 만나
내일 또 놀자

가슴이 따듯해지는 말
내일은 내가 해야지

내일도 만나
내일도 놀자

그 아이 이름은

이름을 부르면
웃게 돼
ㅎㅎㅎ

이름에서
웃음소리도 나지
ㅎㅎㅎ

잘 모르겠니?
초성 힌트를 줄게
ㅎㅎㅎ

자꾸만 웃게 하는
그 아이 이름은
하현후

노안

엄마가
안경 벗고
휴대폰 본다

- 왜 그래?
- 노안 와서 그렇지.
- 노안이 뭐야?
- 가까이 있는 건 안 보이고
  멀리 있는 게 잘 보이는 거야.

나도
노안이 왔나?

가까이 있는 준서는
안 보이고
멀리 있는 현후만
또렷하게 보인다

마피아 게임

밤이 되었습니다

두근두근
조마조마

얼굴이 뻘개져
목소리가 떨려

다른 사람을 지목하는
손가락이 흔들려

현후 맞네
마피아

거짓말 못하는 현후는
표정으로 다 들킨다

짝사랑

학교에서는
너를 본다
see

집에서는
너를 봤던
모습을 떠올린다
saw

오늘도
혼자서
시소를 탄다
see saw see saw

내 마음도
시소 시소
쿵덕 쿵덕
콩닥 콩닥

사레

콜록!
내 기침 소리에

괜찮아?
보건실 갈까?
집에 데려다줄까?

다정하게 묻는 현후

그냥 사레 걸린 건데

차라리
감기라면 좋겠네

콜록!
다정한 말이
감기를 부른다

오히려 좋아!

엄마가 외출해
라면 먹을 수 있다
오히려 좋아!

비 와서
피구 대회 취소됐다
오히려 좋아!

단짝과 헤어지고
현후와 짝이 됐다
오히려 좋아!

더 나쁘지 않고
오히려 좋아를 외칠 수 있어
오히려 좋아!

변태

실수로
가슴을 친 동욱이에게
소리쳤다
"변태야?"

동욱이 얼굴이
빨개졌다

과학 시간
애벌레가 성충이 되는 과정을
변태라고 배웠다

쉬는 시간
동욱이가 다가왔다.

"그래. 나 지금 변태중이야
어쩔래?"

동시 쓰는 날

짝꿍 은서가
제목을 썼다.
'벗꽃'

맞춤법 틀렸다고
알려 줬더니

은서가 시-익 웃으며
시를 썼다

'벗꽃을 닮은
나의 벗 가윤이
그래서 벗꽃!'

벗꽃보다 더 예쁜 벗
바로 은서

샘 다스리기

단원평가 백 점 맞은
지우를 보자
샘난다

침샘 땀샘 눈물샘에서
샘이 자꾸 삐져나온다

샘아, 제발
가만있어 줘!

샘나는 마음 다독이며
지우에게 다가갔다

멋져!
잘했어!

이럴 때 없나요?

학원 땡땡이치고 축구 하다
엄마한테 딱 걸렸을 때

언니 옷 몰래 입고 나갔다가
급식실에서 딱 만났을 때

현후 몰래 훔쳐보다
눈이 딱 마주쳤을 때

바로
투명 망토가 필요한 때

입술 지퍼

어른들은
잠그라고만 하고
열라고는 안 해요

하고 싶은 말이 넘쳐서
자꾸만 삐져나오는데

열지 말고
잠그라고만 해요

억지로 잠그면
고장 나는데

지퍼에 물린 말들이
갈 곳 잃은 말들이
내 마음을 고장 내요

산타 할아버지의 비밀

산타 할아버지는
인터넷 쇼핑몰에서
선물을 사고

스마트폰으로
엄마에게 전화를 해
주소를 알아내지

택배 아저씨가
집으로
선물을 배달하는데

착한 앤지 나쁜 앤지
어떻게 아냐고?

산타 할아버지는
매일 CCTV를 보거든

입총

학원 빼먹지 마라
탕
휴대폰 보지 마라
탕
편식하지 마라
탕

입으로 쏘는
마라
탕탕탕

톡 쏘게 매운
마라탕보다
더 독하게 매운
마라 탕

수업 시간

선생님 말소리는
귓가를 스쳐 가고

시간은
느리게 흘러간다

교과서에 코 박고
그림을 그린다

토끼
고양이
코끼리
사자
.
.
.

드디어
수업 마치는 종소리

어라!

동물원이 됐네

맞춤법은 어려워

나 : 배개 맞아?

엄마 : 누울 때 머리 밑에 받치는 건
        '어이'를 써야 하는 거야

나 : 그럼 '베개'야?

엄마 : 맞는 것 같은데

나 : 베고 자는 게
        멍멍 개일 리가 없잖아

엄마 : '베게'인가?

나 : 이상해.
        옆으로 가는 게도 아니고

엄마 : 어렵다. 어려워

공부 시간에 졸다가 만난 윤가김

안녕? 김가윤
나는 로꾸꺼 별에서 온 윤가김이야

로꾸꺼 별은 지구와 반대편에 있는
평행 별이야
시간의 상대성 이론을 검증하기 위해
과학자들이 만든 별이지

이건 특급 비밀인데
놀기를 좋아하는 어린이 과학자들이
공부에 찌든
대한민국 어린이들을 위해 만든 거야

우리 별은
공부 시간 10분
노는 시간 40분

재밌는 시간이 길고
지루한 시간이 짧아

우리 별에 초대할게
어서 놀러 와!
잠 깨면 못 온다.

느낌표

날아오는 야구공을 향해
느낌표를 힘껏 때린다

딱, 맞는 순간
'이건 느낌표야'

느낌표를 집어던지고
죽을 힘으로 달려간다

1루 지나
2루 밟고
3루 찍고
홈인

이마에서 흘러내리는
느낌표!

가슴에서 흘러넘치는
느낌표!

늦었다고 생각할 때가 가장 빠르다

넌
이미
늦었어

발레는
유치원 때부터
해야 한다고!

나도 알고 있지만
그냥 포기할 수는 없어

모지스 할머니*는
75살에 그림을 시작했다잖아

그 화가 할머니보다
62살이나 빠른걸

빨리 시작했으니
천천히 갈 거야

꿈을 향해
한 발 한 발

안녕, 친구들!

나는 박미라 작가를 집사로 두고 있는 고양이 별이야. 반가워!

《별이와 북극여우》가 책으로 나오면서 나의 생활이 다 공개돼 버렸네. 나서는 걸 좋아하는 성격은 아니지만, 이렇게 책을 통해 친구들과 만나게 되니 굉장히 기분이 좋은 걸. 어쩌면 나에게 연예인 기질이 숨겨져 있었는지도 모르겠어.

우리 집사 흉을 좀 봐도 되겠니? 우리 집사는 나더러 '게으른 뚱냥이'라고 놀리지만, 정작 자신이 얼마나 게으른지는 모르는 것 같아. 내가 소파에 누워 있으면 따라서 눕고, 창가에서 햇볕을 쬐고 있으면 슬그머니 옆에 와서 같이 햇볕을 쬐거든. 써야 할 이야기가 많아서 힘들다고 투덜거리면서도 나와 보내는 시간은 아까워하지 않는 것 같아.

《별이와 북극여우》는 동화작가인 집사의 첫 번째 동시집이야. 수년 동안 쓴 동시를 모으고 고치고 다시 써서 묶은 것이지. 이야기를 주로 쓰는 집사는 시를 많이 어려워하더라고. '내일 또 내일도'를 놓고 머리카락을 쥐어뜯고 있기에 내가 말해 줬지.

"시는 어려운 게 아니다냥. 느끼고 생각한 것을 솔직하게 표현하면 된다냥."

예쁜 시집으로 나온 《별이와 북극여우》를 보니, 집사의 마음을 좀 이해할 수 있었어. 이 동시집을 읽는 친구들도 엄마, 아빠, 할머니, 할아버지, 친구, 반려동물의 마음을 이해하면 좋겠어. 나아가 느끼고 생각한 것을 시로 표현해 보면 더 좋을 것 같아.

나를 예쁘게 그려 준 그림 작가님, 고맙다냥! 동시집이 나오기까지 애써 준 출판사 편집자님, 대표님, 고맙다냥! 밥 주고 간식 주고 똥 치워 주는, 또 다른 집사인 가윤이도 고맙다냥!

이 책을 읽는 모든 어린이들, 건강하고 행복해라냥!

시 **박미라**

달콤, 쌉쌀, 오싹, 포근한 이야기를 찾아 오늘도 두 눈에 불을 켜고 모험을 나섭니다. 《금발머리 내 동생》으로 제43회 창주문학상을 받았습니다. 쓴 책으로 《금슬이 열쇠를 찾아라》, 《오만데 삼총사의 대모험2》, 《다정한 고랄라 목욕탕》 등이 있습니다.

그림 **보단**

어릴 적부터 글보다 그림을 좋아해서 그림책을 좋아했습니다. 상상해서 이야기 만드는 것을 좋아하고, 그림 그리는 것도 좋아합니다. 홍익대학교에서 금속조형디자인을 전공하고, 연세대학교 대학원에서 인지과학을 공부했습니다. 현재는 그림을 그리며 AR 콘텐츠 스튜디오를 운영하고, '스토리 컬렉팅 클럽' 팟캐스트를 진행하고 있습니다. 동시웹진 〈동시빵가게〉 동시에 그림을 그렸습니다. 그린 책으로 《별을 훔치다!》가 있습니다.